LEWSYN LWCUS

YR HEN FAM DALTON

DARLUNIO GAN
MORRIS
STORI GAN
GOSCINNY

ADDASIAD CYMRAEG GAN
DAFYDD JONES

Gwnaeth yr awdur a'r arlunydd Maurice De Bévère – neu Morris – greu cymeriad Lewsyn Lwcus yn gynta ym 1946. Mae ffordd pobol o fyw wedi newid yn eithriadol ers hynny, ac mae Lewsyn wedi newid hefyd. Un o'r pethau pwysica wnaeth e, ym 1983, oedd rhoi'r gorau i smygu. Cyhoeddwyd stori *Yr Hen Fam Dalton* yn wreiddiol cyn i Lewsyn gymryd y cam pwysig hwnnw, a sylweddoli bod smygu yn gallu niweidio'i iechyd yn ddifrifol.

CYHOEDDWYD EISOES

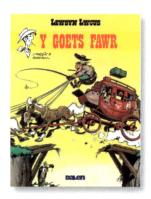  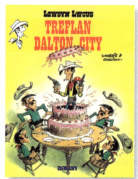 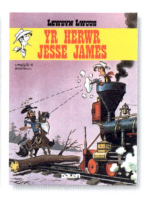

dalenllyfrau.com

Mae *Lewsyn Lwcus – Yr Hen Fam Dalton* yn un o nifer o lyfrau straeon stribed gorau'r byd sy'n cael eu cyhoeddi gan Dalen yn Gymraeg ar gyfer darllenwyr o bob oed. I gael gwybod mwy am ein llyfrau, cliciwch ar ein gwefan **www.dalenllyfrau.com**

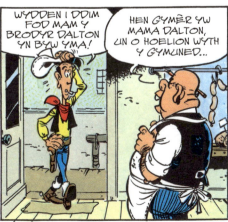

*GWELER TREFLAN DALTON CITY

FE DANIWN Y MATRESI 'MA, AC FE LOSGITH YR HEN GARCHAR FEL COELCERTH! YR UNIG DDEWIS IDDYN NHW FYDD AGOR Y DRYSAU!

A DIOLCH I'R DREFN, YN Y DYDDIAU GOLEUEDIG HYN, SDIM CYFFION AM EIN TRAED!

ER FOD EBRILL YN HOFF O'U GWISGO NHW!

TÂN! TÂN!

EWCH Â'R CARCHARORION TU FÂS A FFURFIO RHES I GARIO DŴR ER MWYN DIFFODD Y TÂN!

OND WARDEN, BETH OS WNAIFF RHAI OHONYN NHW GEISIO DIANC?

DIM OND Y BRODYR DALTON FYDD YN TRIO... CER I NÔL RHUN-TUN-TUN!

RHUN-TUN-TUN? Y CI GWARCHOD DIWERTH?...

MAE GEN I GYNLLUN CYFRWYS... FYDD DIM EISIE POENI AM RHUN-TUN-TUN YN COLLI'R BRODYR DALTON!

8

NÔL YN YR HEN DDYDDIAU, YR ARFER YNG NGHARCHARDAI'R GORLLEWIN GWYLLT OEDD CADW STORFA O BOWDWR FFRWYDRO...

BABWMM!!

BYDDWCH WROL, BOIS BACH! GYDA'N GILYDD FE GODWN GARCHAR MAWR NEWYDD, UN GWELL A MWY DIOGEL NA'R HEN UN!

HWRÊ!

HWRÊ I'R WARDEN!

HWRÊ I'R CARCHAR!

O RAN MATER BACH RHUN-TUN-TUN, FE ROWN NI WYBOD I LEWSYN LWCUS EI FOD E WEDI DIFLANNU...

YNG NGHILIAU'R CNWC

DYDD DA, MAMA DALTON! GAF I ROI HELP LLAW I CHI?

WEL, DIOLCH I CHI! WNEWCH CHI FY HELPU I DDWYN ODDI WRTH POBOL Y DRE?

MEWN I'R CIGYDD GYNTA! SGRAFINS LLAWN BRASTER GES I WRTHO Y TRO DWETHA...

DYMA CHI, MAMA DALTON.

DIOLCH!... FE ANFONES AIR AT Y BECHGYN I DDWEUD BO CHI YMA. GLYWSOCH CHI EU HANES NHW? SMO NHW'N BYTH YN SGRIFENNU ATA I...

PWY FAGA BLANT!

NA, DWI HEB GLYWED ODDI WRTHYN NHW... OND FALLE WNAF I CYN BO HIR...

RWY'N EITHA HOFFI'R BRODYR DALTON... OND AM Y CI TWP 'NA SY'N EU DILYN I BOBMAN...!

O! DWED WRTH MAM RWY'N DOD!

BANG!

PEIDIWCH Â DOD GAM YN NES! PWY SY 'NA?

FI, MAMA! DEWCH I ROI CWTSH I FI!

EBRILL! FY MABI BACH!

FECHGYN BACH! PAM NA FYDDECH CHI WEDI DWEUD BO CHI'N MYND I DDIANC? SDA FI DDIM BWYD YN Y TŶ!

DYNA GI BACH PERT! MA' GOLWG DIGON UFUDD ARNO FE, JOE...

IE, WEL, MA' EISIE I NI...

DEWCH CHI'CH PEDWAR I ORFFWYS... AC AR ÔL I CHI YMLACIO, FE GEWCH CHI DDWEUD YR HOLL HANES WRTHA I!

PFFFPT!

PA FFURF AR GREADUR YW HWN? RHYW FATH O FLAIDD? NEU GEFFYL? NAGE, MAE'N RHAID MAI...

PFFFFT PFFFFT

CATH!!!

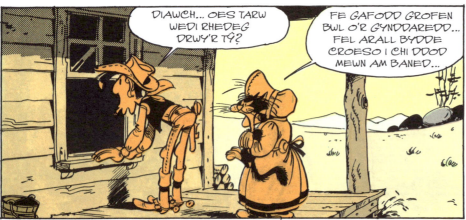

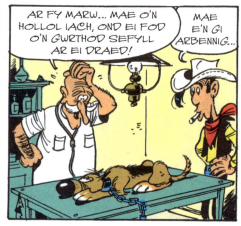

25

27

FFRWCH NEDD FECHAN
CARTREF YMGYMERWYR CYFOETHOCAF Y GORLLEWIN GWYLLT

DYDD DA, MAMA DALTON!

WEL, WEL! MAMA DALTON!

ERS TRO BYD, MAMA DALTON!

MAMA DALTON! ERS MEITYN!

FAINT SYDD ERS I NI'CH GWELD CHI?

DDOWCH CHI EFO NI AM BANAD?

WEL, RWY AR FRYS I...

MAMA DALTON YN GWRTHOD PANAD? BE NESA?!

IAWN, IAWN... OND DEWCH I NI SIAPO!

RYDAN NI 'DI COLLI ADNABOD ARNACH CHI, MAMA...

DIFERYN O LEFRITH?

NA, DIM HEN FFWDAN I FI... HANNER CWPANED, PLÎS, MAE GEN I LOND PLÂT HEDDIW!

MAEN NHW A'U ⊛✺🅿⊛ TE WEDI NEUD FI'N ⊛✹⊛✳ HWYR!

PFFFF!

AGORWCH Y SÊFF! SIAPWCH HI!

BANC
FFRWCH NEDD FECHAN

AC AR ÔL I BAWB EI SIAPO HI...

BANC
FFRWCH NEDD FECHAN

JOE DALTON!

31

PENBLETH... CREADUR UFUDD YDWYF... AC ETO MAE'N CORDDI YNOF REDDF CAS A PHERFFAITH TUAG AT YR YSGYMUNBETH HWN...

HEI!

FY NGREDDF PIAU HI!

WPS!

MIAAAAAWWWRR!

RHUN-TUN-TUN! DERE FAN HYN NAWR! GAD LONYDD I GATH Y SHERIFF!

NID FY NGHATH I YDY HON, MISTAR LWCUS... CATH YR HEN FAM DALTON YW HI...

CATH MAMA DALTON? AGORWCH Y DRWS A'I GADAEL HI ALLAN!

!

RÔN I'N GWYBOD NAD OEDD GWRAIG Y SHERIFF YN DDUWIES YN Y GEGIN, OND MAE HYN Y TU HWNT!...

DILYN NHW, LLAMRI LLON!

FALLE BYDD YR HEN GI O DDEFNYDD WEDI'R CYFAN!

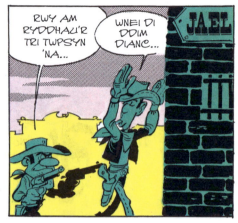

CYHOEDDWYD YN GYNTAF YN 2011 GAN
DALEN, GLANDŴR, TRESAITH, CEREDIGION SA43 2JH

MAE DALEN YN CYDNABOD CEFNOGAETH ARIANNOL CYNGOR LLYFRAU CYMRU
ISBN 978-1-906587-21-5
CYHOEDDWYD YN WREIDDIOL YN FFRANGEG FEL
LUCKY LUKE – MA DALTON
HAWLFRAINT © Y TESTUN CYMRAEG, DALEN 2011
HAWLFRAINT © LUCKY COMICS 1976
GAN GOSCINNY A MORRIS
© LUCKY COMICS
WWW.LUCKY-LUKE.COM
ARGRAFFWYD YNG NGHYMRU GAN CAMBRIAN